花吹雪

山本忠男歌集

短歌研究社

花吹雪　目次

平成二十六年
新　年　九
朝の散歩　一〇
曼殊沙華　一一
秋祭り　一二
骨　折　一三
熊　蜂　一四
女郎蜘蛛　一五
木枯し　一七
平成二十七年
木立アロエ　一八
霜　柱　二〇
観光タワー　二一
啓　蟄　二二
赤芽槲　二三
黒揚羽　二五
憲法守れ　二七
白百合　二九
ががいも　三〇
うろこ雲　三二
つはぶき　三四
烏賊釣船　三八
平成二十八年
新ひかり　四〇
美男葛　四二
節　分　四三

僧　声　四五
白　寿　四六
むらさきけまん　四八
山桜花　四九
都　草　五一
春　霞　五三
無人棚　五五
風藤葛　五六
釣鐘葛　五八
酸　葉　五九
定家葛　六〇
紫陽花　六二
おほいぬのふぐり　六四
ほたるぶくろ　六五
姥百合　六七
花茗荷　六八
犬枇杷　六九
石鎚山　七〇
檜　扇　七三
楓野老　七七
釣鐘にんじん　七九
葭　竹　八二
犬鬼灯　八三
葱の香　八五
平成二十九年
鯛　島　八八

鼻白の滝　九〇
水仙の花　九一
ヒマラヤユキノシタ　九三
白　梅　九六
黒鉄黐　九九
春門開く　一〇〇
そら豆　一〇三
落　椿　一〇四
花明かり　一〇六
野芥子　一〇九
百寿を祝ふ　一一〇
茅花の穂　一一二
浜撫子　一一五
野朝顔　一一六
鬼百合　一一八
台　風　一二一
熨斗蘭　一二三
やぶまを　一二四
星朝顔　一二六
核兵器　一二七
おしろいの花　一二九
蟷　螂　一三〇
土当帰　一三二
犬　蓼　一三三
雲南萩　一三四
海桐花　一三五

木立朝鮮朝顔　一三七
平成三十年
大門坂　一三八
うす氷　一三九
磯ひよどり　一四〇
鶯の初音　一四二
浜大根　一四三
きらんさう　一四四
花吹雪　一四六
常磐つゆくさ　一四九
水　門　一五一
病　室　一五二
ああ五月　一五三
チリー菖蒲　一五五
潮　岬　一五七
コエンドロ　一五九
焙烙苺　一六〇
杜　鵑　一六三
白南風　一六五
沢　蟹　一六六
臭　木　一六七
烏　瓜　一六九
あとがき　一七三

花吹雪

平成二十六年

新年

海原を今し離れし新《にひ》ひかり一直線にわれを射抜けり

美を求め生きむと決めし新年を鍵の置場を探しつつ苛《いら》立つ

石地蔵の小さき祠《ほこら》にあたらしき花添へてあり人気《ひとけ》なき道

朝の散歩

をちこちに鶯の声ひびきあひ朝の散歩のわが足かるし

なめらかに鶯の鳴く声澄みて散歩も五年水無月《みなづき》に入る

曼殊沙華

花は葉を葉は花を見ず曼殊沙華《まんじゆしやげ》花すぎてより北風すさぶ

浜あざみ釣鐘《つりがね》にんじんの咲ききそふ岬走れば青海まぶし

靄がかる雑木林を抜けしとき小さき畑に媼《おうな》かがみをり

黄金なす泡立草《あわだちさう》のかたはらに負けじと太き力芝立つ

秋祭り

海のべの出雲《いつも》村へとくだり来れば祭り太鼓に笛の音ひびく

笛太鼓鳴るを合図に法被着て老若男女つどひ来たりぬ

法被着て老いも若きも笑《ゑま》ひつつわれに礼《ゐや》して社へ向かふ

骨折

七段の脚立の上より倒れ落ち足骨折すなんたるぶざま

松葉杖のわれを見あげて蟷螂《かまきり》の歩まむとせず両眼動くのみ

じんじんと痛む右足かばひつつ十月十六日と骨折を記す

よいこらしよつと片膝つきて起きあがる固きギプスの常《つね》なき動作

熊蜂

杜鵑草《ほととぎす》の花群《はなむら》のなか熊蜂のうなりの羽音けふもひびき来《く》

黒き尻われに向けしまま熊蜂のわき目もふらず花のみつ吸ふ

女郎蜘蛛

南天と槙の葉先を結びたる女郎蜘蛛《ぢよらうぐも》の巣は芸術なりき

ふとりたる女郎蜘蛛の雌《めす》の側つかずはなれず小さき雄《をす》坐す

女郎蜘蛛の馬蹄型の巣を松葉杖つきて近づきしみじみ見つむ

女郎蜘蛛の太りゆく巣を払ひ入る芋畑未だ獣《けもの》の気配無し

霜月のぬくき真昼をかがやきて西洋ひるがほ藪に咲き満つ

木枯し

雑木々の林どよもす木枯しか木の葉をつれてわれを包みぬ

藍《あゐ》ふかき空の奥処《おくが》を打ちたたく金属に似し風あれくるふ

鎌月と宵の明星見あげゐつ海のはたてを赤き陽《ひ》しづむ

平成二十七年

木立アロエ

まつすぐに長き花茎の天を刺す木立《きだち》アロエのみなぎる力

われよりも背たかきアロエ花茎太く十二個のばし青空を突く

半世紀この庭に生きてなほ今もアロエは朱花を増やしかかぐる

元日を岬くだりて白花の浜大根《はまだいこん》の花群に入る

縦横に寒風うちあふ青空を見あげつつ居れば身は滾《たぎ》ちくる

霜柱

霜柱の崩るる音の靴底にひびきてわれの背筋をのばす

花も実も少なくなりてこのごろは道におりたつ小鳥ら増えつ

炊飯器のスイッチを押す鬼やらひの夜にまく豆も巻きずしもなし

鶯の初音聞きたり二月二十日春のとびらをひらく記念日

道のべになづなすみれの小さき花けなげに咲かせ春のことぶれ

観光タワー

藪椿咲く丘に立ち見おろせば青海を背に観光タワーひかる

朝の陽は丘にあまねく樫《かし》の葉も黐《もち》の葉も照る睦月《むつき》尽きたり

国道の坂道にあふ登校の児童のはづむ声ぞあかるし

啓　蟄

啓蟄を雌呼ぶらしき土鳩のくぐもる声を聴きつつ目覚む

楓《ふう》の木の黒実落ち敷き木末《こぬれ》には浅黄の若葉空を隠しき

海霧《うみぎり》の寄せくる坂道走りつつ村にひとつの信号を越ゆ

赤芽槲

萌黄色の赤芽槲《あかめがしは》の花にほふなかより蜂の羽音ひびき来

をちこちに赤芽槲の花こぼれ道一面を黄に染めてをり

昨夜《よべ》ふりし雨の名残《なごり》の水たまり燕はついと触れてゆきたり

たまり水吸ひて飛び交ふつばくらめ今年生《あ》れしか小柄の一羽

一枚の田を鋤きをへし耕運機は道路に黒き土落としゆく

黒揚羽

白むくげの花の蜜すふ黒揚羽《くろあげは》小雨のなかをいくたびめぐる

黒揚羽地につきさうな鬼百合の花にとどまり羽ばたきてをり

夜《よ》をこめて雨よぶ蛙鳴くゆゑにやがて庭打つつよき雨音

みどり濃き木々の奥より鶯とほととぎす鳴く夕ぐるるまで

雑木々のおほふ暗道に霧ながれ憑《つ》かれしごとくわれは華《はな》やぐ

泥濘《でいねい》を避けつつ森のなかゆけば気高く澄みし鶯のこゑ

甲虫のにほひかつよき森の間《ま》に出雲《いつも》村あり瓦屋根見ゆ

演説のおごりのこゑに興さめて投票所へ行くをためらふ

憲法守れ

若者が憲法守れ殺すなと単純にいふ声胸をうつ

集団的自衛権とふ不確かさ自衛のできぬ小さき国ゆゑと

若き日に学びし憲法を読みかへす恒久平和高らかに唱ふ

戦争放棄の憲法九条守り来し権力者らが今反旗あぐ

虎の威を借りて生きむとする姿勢人の恥なりと学び来たりき

憲法をやぶる政治家の犯罪を阻止するはただ国民のこゝろのみか

白百合

道の辺に白百合の花さはに咲く戦後七十年八月六日

八月は午前六時に熊蟬のいつせいに鳴き出《い》だす刻と知れ

岩をうつ波音ひびく小さき村歩みすぎつつ会ふ人もなし

ハイビスカスの赤き花咲く村をすぎて臭木《くさぎ》の白花咲く山に入る

きつぱりとひと日《ひ》のみ咲く檜扇《ひあふぎ》の今朝またひとつ朱花を開きつ

　　がかいも

木の柵にむらさきの花見つけたり図鑑を繰ればがかいもといふ

ががいもと仙人草《せんにんさう》の咲ききそふ朝露しげき人気なき道

ががいもの莢実は蔓にまぎれつつ目立たぬやうに太りきたりぬ

ががいもの実を捥《も》ぎたればわが指に白汁ひろごるアメーバのごと

鏡芋《かがみいも》の訛りしとふががいもの莢割《さ》けば輝る真白き鏡

うろこ雲

庭に出てあふぐ大空に一面のうろこ雲なべて朝のひかり受く

空たかく舞ひゐし鳥が羽根たたみ急降下して谷へ消えたり

乳母車に農具を積みて 媼《おうな》 来るすれちがふとき化粧にほひぬ

うろこ雲くづれゆきつつ朝の陽《ひ》は坂登るわれの背中に痛し

秋晴れのつづきて今朝の山坂はただに騒がし諸鳥《もろどり》の声

靄《もや》がかる大島を背に漁を終へし漁船はなべて赤旗かかぐ

ブルドーザーで荒畑ならす人の後を首をふりつつ鶺鴒《せきれい》歩む

つはぶき

しらじらと沢鵯《さはひよどり》の咲くそばにつはぶきの蕾力持ちくる

秋風のつよき朝を乾きたる桜落葉は滑りまろびつ

烏瓜《からすうり》の赤き実捥ぎて手につつむ今朝の散歩のわが心充つ

玄関の靴箱の上の黒皿に赤き烏瓜八個目を置く

日向《ひなた》にも日陰にも黄のつはぶきの咲ききそふ径《みち》冬のことぶれ

朝の陽の赤らむ杣《そま》にならび立ちつはの黄花の金にかがやく

つはぶきの黄花まぶしき傍《かたは》らに白き花ひとつ藤袴《ふぢばかま》咲く

つはぶきの花咲く谷に友葬《はふ》り茫々と過ぎし二十四年か

夜の道を帰り来るときつはぶきの闇に開くをおどろき見つむ

早朝のつはの黄花のつづく道手袋のまま手を揉み歩む

わが家のさびしき庭につはぶきの黄花つぎつぎ咲きて華やぐ

霜月の花といふべしつはぶきの黄の明るさも衰へはじむ

つはの花萎れゆきつつ傍らに真白き水仙咲き初めてあり

むらさきの野《の》朝顔《あさがほ》つよし高き木の上に咲きつぎ霜月越しぬ

烏賊釣船

朝凪の冬の海原藍ふかく烏賊釣船《いかつりぶね》は居並びてをり

心若く生きむと思へど湯に入りて陰毛の白きに驚くあはれ

大空を海原を染め赤き陽は海を離るる銀となりつつ

夜もすがら降りし雨やみ湿る道に落椿《おちつばき》赤く息衝《いきづ》きてをり

平成二十八年

新ひかり

空を焼き水平線を出づる陽にわれも染められ年新たなり

新ひかり照葉樹林の奥処まで静寂ぬひて赤く染めゆく

じんじんと指先冷ゆる坂くだり古き漁村の 甍《いらか》見おろす

紅白の山茶花《さざんくわ》の花咲ききそひ何かうれしく力みて歩む

電線に鴉ならびて黙しをりわれはその下そろりと歩む

庭隈の万両の実赤きあり白きもありて年改まる

美男葛

海を出でし陽光《ひかげ》はなだりを染めあげて美男葛《びなんかづら》の赤実かがやく

海を離れ赤きひかりは金銀とまぶしくなりつ西に淡月

夜《よ》もすがら降りし雨やみ澄みし朝鴉なき合ひ高きを鳶《とび》舞ふ

節　分

節分の夜空澄みつつオリオンと大三角形の位置のたしかさ

元日より節分までにわがめぐり三たり逝きしを惚《ほう》け思ひつ

はつらつとせし歌を詠まむと入る炬燵《こたつ》かんぱつ入れず薬缶《やかん》鳴きいづ

小夜《さよ》更けを雨戸うつ風の音強しひたすら春を呼びつづけをり

落椿日に日《ひ》に増ゆる散歩みち小鳥とびかひ人の姿無く

海を出でし大き朝陽は坂道の孟宗の竹あかく染めゆく

僧声

墓石をずらして叔母の骨うづむ経よむ僧声《そうせい》寒風をつく

十一人の兄弟姉妹《きやうだい》とつれあひ皆逝きて最後の叔母も土へ還りぬ

かた土にへばりつきたる蓬生《よもぎふ》も父子草《ちちこぐさ》もみな霜おきひかる

ホーホケロとたどたどしくも鶯の鳴く音うれしき三月に入る

白寿

白寿とふ師を古希すぎしわれ訪へばつたひ歩きして呼ぶぞうれしき

水遣《や》りもままならぬとふ師にかはり庭に水まくホース漏れつつ

白寿なる師の家の庭ながめつつ洗濯バサミ二つ三つひろふ

鉢土を篩《ふるひ》にかけるたびに鳴く蛙の乗りにわれ苦笑ひす

凍てしるき朝の畑地に蕗《ふき》の薹《たう》あまた並びて萌黄色やはし

鎌ひとつさげて坂道のぼり来し媼ほがらに礼《ゐや》して過ぎぬ

むらさきけまん

背の低きむらさきけまん花あまた春を呼ぶらしわれの足元

朝《あさ》なさな散歩はたのし競ひ咲くたんぽぽ野げしむらさきけまん

鶯の高鳴くかたを見あぐれば鴉小枝を銜《くは》へ飛びゆく

山桜花

冷えしるき春の彼岸を真白なる山桜花《やまざくらばな》われをおほへり

満開の花の奥より鳴きなれし鶯の声ひびきわたりぬ

葉がくれの花の白きがことごとく我を見おろす息とめ見あぐ

手を伸ばし静かに小枝ひきよせて桜花見つ純白清し

ひもすがら鳴きて鍛へし鶯の今朝の高音はわれを奮はす

一陣の風走りゆく丘の上にはじめて散るか山桜花

くれなゐの新芽にかくれ白々と下向きに咲く山桜花

農具つみ手押し車の媼来て大きこゑ出し笑《ゑま》ふぞうれし

冷やこいねと坂のぼり来し媼いふ昨日と同じ頰かむりして

都　草

南端に夢もあるらむ都草《みやこぐさ》荒波見つつ黄花を誇る

都草も浜大根も咲く浜辺磯うつ波のとどろき止まず

海へつづく小川の岸辺いっせいに浜大根の白花揺るる

白々と枇杷の新芽《にひめ》の直立ちて力みなぎりまぶしくもあり

豌豆に烏《からす》と雀《すずめ》とかす間《ま》あり少しづつ時たがへ咲きゆく

廃畑を烏の豌豆覆ふなか酸葉《すいば》直立ち朱き穂ならぶ

かがまれば雀の豌豆きらん草すみれにになが小さくも春

春霞

春霞《はるがすみ》濃くなり今朝は水門のそびらを占める大島見えず

青霞む山のいただきに朝日射し白雲のごと桜花浮く

昨夜《よべ》ふりし雨の名残の道の上に敷きつめられし桜花びら

真白なる桜花びら踏みゆけばおのづと心ひらかれゆくも

海に湧く霧の先端のぼり来て桜も我もおぼろとなりつ

無人棚

廃園の花壇のあやめ咲ききそひ横に野菜売る無人棚あり

枝先のひとつひとつに紅《くれなゐ》の花と見まがふ赤芽槲立つ

山丘の白き海桐花《とべら》の花あまた緑濃き葉と共にかがやく

トンネルの上に海桐花の白き花くらき抜ければなほ海桐花咲く

風藤葛

生きて良し風藤葛《ふうとうかづら》はひのぼり棒状の穂を無数に垂らす

あをだもの白き花あまた咲く道の丘に寂《しづ》けき老人ホームあり

あをだもの枝手折《たを》りきて瓶にさす水青くなるを確かめむため

古希過ぎし身を鍛へむと早朝の速歩に出でて帰りは遅足

おそらくは人に知られず山道に浦島草《うらしまさう》咲く葉に隠れつつ

身につきし人を恐るる性ならむ雉《きじ》は遠目を早やも飛び立つ

古希過ぎて抗《あらが》ひすがるものもなし百花繚乱すべなく見つつ

深谷の桐の一樹のむらさきの花を捉へて春陽《はるび》かがやく

釣鐘葛

畑柵に釣鐘葛《つりがねかづら》のあかき花つぎつぎ咲きて朝あさのぞく

万象のことわり思ふ野辺の花消えては生るる葉も花も実も

酸　葉

群生の酸葉《すいば》目を射る花穂なべて空めざすごと日毎のびゆく

酸葉の穂の赤きは雌花やはらかき緑は雄花直立ちならぶ

過疎すすむ町悲しむな緑陰に谷渡りする鶯のこゑ

鶯の鳴き継ぐ丘にかん高き雉の一声ひびきわたり来《く》

定家葛

小さなる風車《かざぐるま》の形して垂るる定家葛の鈴生りの花

久々に出《い》でしジョギング五キロ過ぎはやも股関節いたみはじめぬ

知らずしらず衰へはやき身となれり古希過ぎしこと言ひ聞かせ走る

励みしも遂げざることの多ければ人の世の常と言ひ切りてみる

ただひとつの信号のした登校の児童誘導の老いのこゑ高し

花期長き定家葛の白き花夏至すぎしになほつよく薫れり

きつぱりとふた分けされし空と海その線上を行く船多し

紫陽花

坂道へはみ出でて来て純白の紫陽花《あぢさゐ》の花朝のひかり満つ

植物の動物とのちがひ聞く人に動かず生命つなぐにありと

藍ふかき花いくつあり紫陽花は強き雨うけさらにはなやぐ

わが庭の山紫陽花は五月雨《さみだれ》に青赤白と花のはなやぐ

おほいぬのふぐり

的を射たる名とは思へど不憫なりおほいぬのふぐり継子の尻ぬぐひ

桃色のやさしき小花とげ持つを継子の尻ぬぐひと言ひしは誰ぞ

この朝はまぢかきに来て鶯の何か問ふごとやはらかに鳴く

おびただしき山桃の実の道の上に轢《ひ》かれ潰《つぶ》されにほふぞかなし

一面の山桃の実を踏みこえて歩むほかなし今朝の散歩みち

ほたるぶくろ

真白なるほたるぶくろのきそひ咲く梅雨の晴れ間のなだり明るし

大島の漁港に朝のひかり射しまぐろ養殖の柵もかがやく

草も木も力みなぎる梅雨の間《あひ》セメント道は青苔おほふ

林間に朱花ぬきん出て目を奪ふ姫檜《ひめひ》扇《あふぎ》水仙《すいせん》梅雨を愛しむ

姥百合

たなばたの早朝うれし姥百合《うばゆり》の淡き緑花の横向きに咲く

鬼百合と姥百合ならび咲ききそふ初めて見たり朝の散歩みち

林には甲虫類のにほひ満ちたちまち浮かぶわが少年期

花茗荷

花茗荷《はなめうが》咲く道出でて見はるかす大海原を船いくつゆく

昨日《きぞ》ひと日《ひ》ふりし雨やみ早朝の浜木綿《はまゆふ》カンナみな鮮やけし

雨やみて熊蟬の鳴くこゑ高く苛立ちさがす選挙のハガキ

犬枇杷

つよき風吹きあがり来て犬枇杷《いぬびは》の幼く赤き実を落としたり

犬枇杷の赤き実おちて道を占む大きひとつを生命を拾ふ

赤とんぼ群れとぶ坂に犬枇杷の赤実地に落ち足の踏み場なし

犬枇杷の熟せし黒実口に入る意外にうまし五つ六つ食む

アスファルトの朝の坂道風つよく蚯蚓《みみず》ころがる姿をかなしき

石鎚山

海原に浮く島いくつ瀬戸内海の空に架かりし大橋わたる

まなしたに漁船小さし大橋を空とぶごとく車走らす

午前二時に白装束の一団が山に向かふを窓に見送る

拝殿に成就をねがひ門くぐり石鎚《いしづち》山頂めざし歩み出づ

かそかなる風を恃《たの》みていくたびも休みつつ登る石鎚の山

ぶな林の急坂きつし枕木の階段つづき汗のふき出づ

古希すぎし身に鞭をうち岩稜《がんりょう》を一歩一歩とあへぎ登りぬ

太き鎖にぎり 直登《ちょくとう》を果たしたり遠かすむ山雲のうへにあり

恃めなき腕力ゆえに二の鎖三の鎖は避けて迂回路へ

山頂にオタカラコウの黄花群れわれはおもはず歓喜のこゑあぐ

奥宮に登頂の礼言ひしあと天狗岳へと岩峰めざす

垂直の岩の下より雲湧きて弥山《みせん》も人もかき消してゆく

天狗岳は北に岩肌南に緑きつぱり分けてそそり立ちをり

岩に立つわが足元より噴き上げて濃霧たちまちなべてを隠す

覗けども崖した見えず目はくらみ雲のうごめき湧き立ちやまず

南には緑ひろごり果てもなし深き大谷見ればやすけし

檜扇

世に疎《うと》くなりゆくことも諾《うべな》ひて今朝は檜扇《ひあふぎ》の花開くを愛づ

緋の花に赤き斑点ちりばめし檜扇かなしひと日《ひ》の命

黒揚羽いくたびめぐる檜扇のひと日の花のいのち知るごと

ひと日のみ咲きてしぼめば檜扇のすぐに蒴果《さくくわ》をふくらませゆく

檜扇の扇の緑葉ちからあり花も蒴果も高くかかげて

ぬばたまの黒実もすでに莢のなか檜扇の生の易きといふか

ひと茎に七つの蒴果できてのち檜扇咲かず種子育てるか

楓野老

頭上より楓野老《かへでどころ》の黄緑の無数の小花垂るるを見つむ

うす黄なる楓野老の花あまた垂れて風なき林しづけし

黄の花のサフランモドキ咲くを知りただにうれしき朝の散歩みち

雨のなか心をどるか蟋蟀《こほろぎ》の鳴きごゑつづく夜の更けるまで

夜《よ》もすがらふりし雨やみ朝のみち葛《くず》の花あまた敷かれはなやぐ

悠然と蟷螂をりし網戸には夜をきりぎりすせはしく歩む

朝なぎの潮の香しげき浜べ行きわがシャツ重くなりゆくを知る

槙垣を這ひあがりきて朱紅色のマルバルコウの花のかがよふ

遠つ国の台風の余波とニュースいふわが家の窓を洗ひつづけぬ

釣鐘にんじん

坂道の釣鐘《つりがね》にんじんの花いくつ風に揺れ合ふ秋来たりけり

力芝の穂先に宿るさきたまの朝の玉露なべてかがやく

十月の真昼の台風過ぎ去りて釣瓶《つるべ》おとしの夕闇はやし

台風に押し倒されし男郎花《をとこへし》真白き花かかぐ地に近きまま

風音の青澄む空をつらぬきてわが胸奥に響くぞかなし

廃畑の黄の泡立草咲く下に釣鐘にんじんの青き花憩ふ

吾亦紅《われもかう》釣鐘にんじん土当帰《のだけ》咲く朝の静寂《しじま》にわが心満つ

風邪引きて薬飲み咳をくりかへし立冬迎ふ心も萎《な》えて

何処よりいづこへ流れゆくならむ時といふものなべて消しつつ

ゆふがすみ湾に広ごり大き船いくつ静かに夜の嵐まつ

葭竹

北風のとほる道なり葭竹《よしたけ》の穂の打ちなびく青空の中

葭竹のなびく丘より見放くれば空に浮くごとタンカー進む

葭竹も力芝もその花穂の色定めがたかり悩みつつ見つむ

青空に葭竹の穂の片なびき白くなりつつ霜月尽日《じんじつ》

犬鬼灯

荒畑の犬鬼灯《いぬほほづき》の白き花目立ち賑はひ秋をよそほふ

馬鹿茄子も犬鬼灯も人の役に立たざるものか白き花照る

嫁菜《よめな》咲き釣鐘にんじんつはぶきと咲きつぐ丘の秋きはまりぬ

雨を呼ぶ東風《こち》に負けぬと汗ぬぐひ帰るも家の手前で濡れつ

裏畑に雉の一声ひびく昼磯菊《いそぎく》の黄花切り落としたり

槙垣の根方《ねかた》にそひてつはぶきの黄花増えつつ秋も深みぬ

つはぶきの黄花愛でつつ坂道をくだり終へれば漁村しづけし

葱の香

颯爽《さつさう》と媼の単車よぎり行き葱《ねぎ》の香《か》しばしわれを包みぬ

鋭《と》き声の鴉鳴くした烏瓜の蔓は枯れ果て実は赤く照る

この朝もわがこころ圧《お》し水門のそびらの黒き大島せまる

夏よりも明るき冬の山なれば落葉踏みつつ心も軽し

果たてより海原を滑りわれを射る光は歩みのままに移りて

ひとところ冬雲とぎれ光射し海面《うなも》かがやき移りゆく見ゆ

冬山を紅《あか》くかざれる櫨《はぜ》の葉に朝陽《ひ》めぐりてさらに華やぐ

平成二十九年

鯛島

あかときの星を見さだめカメラ持つ今年こそ撮らむ海出づる陽を

鯛島《たひじま》の開《あ》きし眼《まなこ》を新ひかり黄金《こがね》となりて突き抜けて来ぬ

新ひかり鯛島の目をとほす位置たしかめカメラ持つ人多し

地元びとの鯛島の目をとほす陽《ひ》を達磨に目がはひりしとぞ告ぐ

いつのまにか人集まりて新ひかり鯛島の目をとほす瞬間を待つ

川水が海にまじりて湯気あげて海より出《い》でしひかりに向かふ

鼻白の滝

人気なき鼻白《はなじろ》の滝まぶしかり轟きの音身内にひびく

止《と》めどなくかがやく滝を見あげつつ弁当開く大き石の上

元日の峡の枯田に霜ひかる横目に見つつ那智山めざす

冬山の小さき村を真横より朝のひかりは条なして輝る

本州最南端の広き海へ真っ赤な夕陽みるみる沈む

水仙の花

真白なる水仙の花と顔ならぶ小さき地蔵をかがみのぞきぬ

赤レンガの苔むす祠《ほこら》うす暗く水子地蔵か女人の名あり

白と黄の水仙の花つつましく美男美女の逸話顕《た》ちくる

出雲《いつも》村小深《こぶけ》の坂のバス停に黄の水仙の花群れきそふ

三が日過ぐれば過疎の村さびし青空たかく鳶《とび》いくつ舞ふ

庭隅に真白き水仙咲ききそふ朝あさ見つつ背筋をただす

家出でて路肩歩めば足裏にほとびし土の崩れゆく音

ヒマラヤユキノシタ

大寒の冷えしるき朝うす紅のヒマラヤユキノシタ惑《まど》ひなく咲く

紙凧《かみだこ》もカイトもあがる芝原の果たての海に沈む夕陽待つ

底冷えに三たび厠《かはや》へ立ちしあと湯割りの焼酎ぐいと呷《あふ》りぬ

凍て土を踏めば崩るる霜柱こころにひびき厳しくもすがし

耳も鼻も手袋をさす指先も冷たく痛しこころしまり来《く》

寒の夜のひとり住まひの冷えまさり湯たんぽ効かずいくたびか目覚む

寒の雨やみし朝《あした》はアスファルトに蔓梅《つるうめ》もどきの朱実《あけみ》きはだつ

大寒を過ぎて晴れし日つづくゆゑ火元注意の放送つづく

白梅

木々の枝に餌《ゑ》のなきときか山坂の地より飛びたつ小鳥の多し

節分をたんぽぽの黄花と仏の座赤きが咲きみち春をことほぐ

電波塔のした歩むとき北風のサイレンのごと唸りひびきぬ

朝《あさ》なさな落椿ふえ山道に姿くづさず黄の蕊《しべ》あたらし

西空に淡き半月かかりゐて朝陽は今し林を射ぬく

雲一つなき青空に白梅の一花一花がひかりかがよふ

きさらぎの日射しとどかぬ枯草に斑雪《はだらゆき》のごと霜のきらめく

ひとときを春のいかづちかけめぐり遠のくときに窓のあかるむ

唐突の雷《らい》にめざめぬ間《ま》を置かず激しき風雨窓うち怒る

春雷の命を持つかつくづくと黙《もだ》してききぬ雨も風も来つ

黒鉄黐

潮騒《しほさゐ》の森とふ札のかたはらに黒鉄黐《くろがねもち》の幹太く立つ

公園の黒鉄黐の赤き実にひかりきらめく大寒の朝

きじ鳩もひよ鳥もみな気負ひつつ番《つがひ》となりてわが前よぎる

雨と風わが家ゆるがせ声高に春一番とテレビはつたふ

春門開く

鶯の初音聞きたり如月《きさらぎ》のつめたき朝の森めざめ澄む

鶯のおぼつかなくも鳴くこゑの 春門《しゅんもん》開くひびきとこそ知れ

八朔《はっさく》のたわわに実り照るかたに鶯鳴きぬきっぱりと春

昨日《きぞ》一つ鳴きしが合図か鶯の今朝はいくつと数へ歩みつ

冬海《ふゆうみ》の水平線をしづしづとすすむタンカー黒きシルエット

北風の西へとかはる時の間を静寂ありて朝のひかり沁《し》む

去年《こぞ》よりもむらさきけまん白すみれたんぽぽ増えて土手を彩る

二つありて飛行機雲は春かすむ大空のはて交差するらし

電柱に鴉ら憩ひわが前に糞を落としぬすまし顔して

そら豆

ひもすがら雉の鳴くなりそら豆の倒れぬやうに竹の杭打つ

春雨のけぶれる山の桜花飾られしごと白きがならぶ

落椿

夜《よ》もすがら降りし雨やみ湿る道に落椿赤く息衝《いきづ》きてをり

落椿日《ひ》に日に増ゆる散歩みち小鳥とびかひ人の姿無く

朝《あさ》なさな赤き椿の花落ちてはなやぐ道をひかり透きつつ

落椿形崩さず赤く燃ゆかくうつくしき死はなしわれに

朝なさな人気なき道の落椿八重《やへ》咲きありて黄の蕊の冴ゆ

落椿避けつつ歩む散歩みちかくて如月弥生も過ぎぬ

花明かり

春雨ぢや濡れてゆかうよ粉糠雨《こぬかあめ》ひたひを打ちて長き坂道

山の上を風巻きおこり横殴りの桜吹雪はきらめき止まず

夜嵐の過ぎし朝のしめりたる笹の葉におく桜花びら

よもすがら降りし雨やみ早朝のうつむく桜をわれは見あぐる

水門のそびらに大島よこたはり花の雲いくつおぼろとなりて

純白の桜咲き満ちその下に立てばおのづと花明かり濃し

からす葉の姫立金花《ひめりふきんくわ》鮮やけくひと日《ひ》限りの黄花をかかぐ

夜の嵐過ぎてこの朝花の雪ふむごと歩むわが散歩みち

五日間雨降りやまず桜花散りたき時はまどひなく散れ

喜びは日々起こるなりこの朝は松葉《まつば》雲蘭《うんらん》と酸葉ならび咲く

野芥子

わが歩む道をはばむか黄の花と白き綿毛《わたげ》の野芥子《のげし》ひと群

黄の花は春の花なりたんぽぽも鬼たびらこもに苦菜《にがな》野芥子も

黄の花と白き綿毛をかかげつつ野芥子にはなほ蕾の多し

雨ふりて三日残りし水溜まり　蝌蚪《おたまじやくし》うじやうじや動く

近づけば蝌蚪はいつせいに窪みの蔭へ隠れゆくあはれ

百寿を祝ふ

百寿なる師の家《や》を訪へば白梅の庭に咲き満ち鶯の鳴く

百歳の師の眸《まみ》澄みて気概満つかく身を正し学びて生きむ

百歳の師の腕ささへ車にて高瀬川わたりぼたん荘めざす

われら小学校一年生を受け持ちし庵田先生の百寿を祝ふ

七十三歳の生徒が集ひ百歳の師を祝ふなり月の瀬の宿

紅白の百個の餅を百歳の師が投げわれら声あげ拾ふ

声高《こわだか》にものいふ友のこゑ久し月の瀬の湯に身を温めつつ

茅花の穂

朝明けの海見ゆる丘白銀の茅花《つばな》のあまた片なびく見つ

茅花の穂の銀にかがやく丘に立ち見放《みさ》くる青海しろき灯台

かがまりて草ひく畑にうつくしき雉舞ひおりてしばし見合ひぬ

卍型の定家葛の白き花崖をくだりて地に着かむとす

思ふ人の墓石をいだくさまを見て定家葛と名付けしといふ

雉が鳴き鶯の鳴く早朝を顎《あご》ひき背筋のばしてあゆむ

海見つつ岬めぐれば老夫婦の餅に入れると明日葉《あしたば》を摘む

一昼夜嵐つづきて明けし朝小枝に青葉踏み踏みあゆむ

浜撫子

梅雨の晴れ間《ま》くだり来たれば石浜に浜撫子《はまなでしこ》の赤き花燃ゆ

草々の強き生きざまこの朝は畑攻めくる葛《くず》の蔓切る

赤々と浜撫子の咲ききそふ千畳敷より青海のぞむ

残生を数ふるな汝よ言ひ聞かせ言ひ聞かせつつ熊野古道ゆく

野朝顔

むらさきの大輪かかげ野朝顔《のあさがほ》の雑木々を越えわが垣へ来つ

遠目にもむらさき冴ゆる野朝顔の木の上に咲きて七夕の朝

朝顔の大輪咲くを人の見て紫ほむるにわれの手入れ無し

橙赤色ののうぜんかづらは石垣を越えて咲きをり人気なき村

石榴《ざくろ》咲きのうぜんかづらも朱き花暑き漁村に動くものなし

鬼百合

わが歩み先導しつつ黒揚羽は鬼百合の花めぐりわたりつ

鬼百合に紋黄揚羽は似合ふなり地をすれすれの花もめぐりぬ

檜扇の花ふたつ咲きはやばやと紋黄揚羽の交互にめぐる

網戸越しにわれは見てをりいくたびも檜扇の花めぐる揚羽を

ひと日のみ咲かせてしぼむ檜扇の花への指示は厚き扇葉か

檜扇の七株の蒴果七十二個ふとりつつ徐々に頭《づ》をかしげゆく

ぬばたまの黒実ぎつしり檜扇の傾きつつもいく日かがやく

ひと日《ひ》花と憐れむなかれ檜扇の花数へ早や三百花超す

午前六時そくずの白き花ならび頭上をたぎつ熊蟬のこゑ

湿りたる雑木のトンネル潜りつつマイナスイオン胸ひろげ吸ふ

台風

迷走し速度のおそき台風はわが家をおほひ視界消しゆく

荒れくるふ時化《しけ》のさなかに檜扇の花は負けじとたはみつづけぬ

淡き霧透きつつ朝のひかり射し林のなかの静寂たもつ

甲虫《かぶとむし》の匂ひなつかし森ゆけば息もつかせぬ熊蟬のこゑ

山坂を下《くだ》りくだりて村に入る石榴の朱き花はきはだつ

いつせいに午前六時になき出づる熊蟬のこゑ今朝もかはらず

熨斗蘭

早朝のくらき林に熨斗蘭《のしらん》の妖精のごと花の真白さ

一面に真白き熨斗蘭咲く闇を目を凝らしつつ息つめ見つむ

わが家は海抜八十メートル津波無くも岩の台地の激震知らず

故郷にもどりて五年散歩みちの草や木のいのち見つめ学びつ

今朝もまたくらき林をのぞき見る妖しく白き熨斗蘭の花

やぶまを

おしろいの群れ咲くそばのやぶまをは棒状の白穂無数に垂らす

白き穂の鬼やぶまをの凝《こご》り咲く歩道の路肩も秋のしづけさ

高き木のいただきを占めむらさきの葛の花咲く空に咲くごと

未だ陽《ひ》のとどかぬ朝の山のなか花鳥や風のいきづき聞かむ

電柱に鳶と鴉といこひゐて道路に白き糞いくつ散る

星朝顔

過疎の地を明るくするか帰化をせし星朝顔と丸葉朝顔

七十三歳をひとり祝ひぬ焼き鳥と缶ビール一本虫の音繁《しげ》き

病室の百歳の師はしみじみと生かされて来しといくたびも言ふ

核兵器

地球さへ消ゆる定めを待ちきれず核兵器にて人の世を消すか

われ生《あ》れてすぐ空襲を逃れたる壕《がう》の址《あと》あり林のなだり

権力者の言葉をまづは疑へと格言ありき疑ふ価値あらばや

核兵器弾道ミサイルの日常語となりつつ脳内腐食されゆく

人殺しを正義にかふる報道に麻痺《まひ》の衣をかさねゆく日々

人骨を山と積みたる過去ありき核のボタンは指一本で足る

飄々《へうへう》と余生送らむ願ひなどテレビ画面はお構ひもなし

おしろいの花

夕化粧《ゆふげしやう》のにほひに似たる早朝の露にぬれつつおしろいの花

おしろいにわづか触れしにばらばらと黒実こぼるるを驚きのぞく

おしろいの赤き花群れ根方には黒き実あまたこぼれてありき

右手もて揺すり左手ひろげ受くおしろいの黒実たやすくたまる

昨夜《よべ》の雨つよく降りしか水たまり大きくできて路肩を歩む

蟷螂

雨くるを告げむとするか蟷螂《かまきり》のカーテンにゐて身じろぎもせず

見渡せばすすきかるかや足元は釣鐘にんじん嫁菜咲きつぐ

沖縄へせまる台風の余波かこの潮岬《しほのみさき》を風雨どよもす

十月の台風二つわが住める潮岬に荒れ狂ひたり

台風の二つつづけば竹群《たかむら》の谷へ崩れしに立ちあがりをり

土当帰

よく見れば芒《すすき》にまぎれ紫の土当帰《のだけ》の花のをちこちに見ゆ

足元のひくき小草も朝露にしとどに濡れて静かにひかる

ハロウィンのあざ笑ふ声ひびく街に謙虚誠実慈悲一つ無く

犬蓼

草刈りの後にすぐさま犬蓼《いぬたで》の地をすれすれに赤く群れ咲く

青花の秋の田村草《たむらさう》ながく咲き素枯れゆきつつ秋深まりぬ

烏瓜の赤き実二つ仰ぐとき青空高く鳶の群れ舞ふ

雲南萩

鉢うゑの雲南萩の薄紅の花はやさしく秋風に乗る

細枝にほのかに紅く咲く萩の揺るるかそけさ秋極《きは》まりつ

手袋を差す指先のかじかむを揉みほぐしつつ山坂すがし

薄氷張る水たまり飛び越えしわれの身内に精気湧きくる

海桐花

霜柱踏みつぶすとき清き音わが全身に挑《いど》みくるごと

海原を染めつつ未だ陽《ひ》は出でず耳を澄ませど物音《ものと》なき刻

狐色の丘より望む海原を大小いくつ黒き船ゆく

水門の背《そびら》に大島横たはり漁船いくつも朝のひかり受く

石垣に霜おく朝《あした》紅白の八重の山茶花《さざんくわ》見つつ気負ひぬ

山茶花の赤花あまた咲くそばに海桐花の殻割れ赤きつぶら実

木立朝鮮朝顔

白花の木立朝鮮朝顔の霜に打たれつつ狂ひ咲きをり

花茗荷の熟れし赤実も谷筋の裸木も明るき冬至となりぬ

平成三十年

大門坂

元日を苦無くば吉もなしと決め那智の滝へと大門坂《だいもんざか》のぼる

元日の晴れし朝をしぶきつつ白布をたらす那智の大滝

那智大社青岸渡寺《せいがんとじ》の賑はへば笑ふほかなし神も仏も

楓《ふう》の木の高き梢に黒き実をあまた残して年明けにけり

うす氷

庭隅の睡蓮鉢のうす氷ひと差し指で押せば沈みぬ

花茗荷の赤実かがやく坂道を下れば漁村の甍《いらか》ひしめく

そぼぬれて寒夜帰れば外灯のアロエの朱花を生きいき照らす

磯ひよどり

朝なさな浜辺の岩に五位鷺のみじろぎもせず静寂たもつ

背の青き磯《いそ》ひよどりがわが目ぬすみ睡蓮鉢に水浴びてをり

白梅と紅梅と椿咲く庭に今年は目白すがたを見せず

肌さむき夕闇のなか野良猫の怒りにも似しむつみあふ声

荒畑に咲く白梅へ朝の光かがやくなかを小鳥めぐりつ

鶯の初音

鶯の初音ひびきて春は来ぬ風も木も草も柔くあかるし

鶯の初音一声冬を断ち天地あまねく春のひかり満つ

海のはて光束落ちしきらめきの中へ入りゆく黒きタンカー

ほそき根の春竜胆《はるりんだう》をねんごろに鉢にうゑ待つ青々の花

浜大根

坂下り海辺に出れば朝陽受け浜大根《はまだいこん》の白花まぶし

雉の声に目覚めし朝を顔あらふ窓の間近きに鶯鳴きつ

啓蟄の朝の庭土に穴いくつ獣めぐりしか土埋めもどす

一日一日《ひとひひとひ》鶯の声なめらかに整ひゆきて春深みゆく

きらんさう

畦道にへばりつき咲くきらんさう青き小花をかがみて見つむ

小の鉢の雪白金梅《ゆきしろきんばい》ただ一つきりりと咲かせ我を吸ひ寄す

黄金なす西洋たんぽぽ多きなか花返しさがす日本たんぽぽ

黄の花の馬脚形《うまのあしがた》かがやきて路肩あかるし我もはなやぐ

鉢うゑの姫萩《ひめはぎ》あかき花いくつ背低くとも気概みちをり

雑木々のおほふ暗道ぬけるまでむらさきけまんの花が続きぬ

人気《ひとけ》無き海辺の漁村茎ほそき松葉雲蘭石垣に沿ふ

花吹雪

草木みな色とりどりに新芽出し生きぬくための闘ひはじむ

昨日見しぜんまいの白き産毛《うぶげ》消え尺ほどのびて胞子葉《はうしば》の立つ

真向ひの桜大樹の花吹雪わが家の庭に今朝も雪と敷く

草をひく馬鈴薯畑のわれ包み花吹雪舞ふ晴れし真昼間

南風《はえ》強く横なぐりに飛ぶ花びらのきらめくなかに惚け佇ちゐつ

我こそは染井吉野と叫ぶごと夕暮るるまで花吹雪舞ふ

廃畑となりて三十年主《ぬし》となり桜大樹の花散りつづく

全生徒二十人の学校の鐘の音廃畑増えし丘にひびきつ

珊瑚樹《さんごじゅ》のおほふ暗道ばらばらと音立てて落つ古き緑葉

さみどりの若葉かがやき盛り上がり盛り上がりして紀伊の山並み

坂道の桜花見つつくだり来て海辺に立てば白波まぶし

常磐つゆくさ

珊瑚樹の大木ならぶ暗道を常磐《ときは》つゆくさの花の群生

岩の秀より遥かのぞめば濃き海とやはらかき空の青と青あり

藍《あゐ》ふかき大海原のかなたまで白波立ちてきらめき止まず

足元にちがやの白穂かたなびき満山みどり空はた青し

昨日《きぞ》ひと日《ひ》激しくふりし雨なれば道に乱るる木の葉の嘆き

真白なる飛行機雲は青空をあはき月避けはるかをめざす

水門

日々ふえる稚児車に似し花匂ひ定家葛の悲話も顕ちくる

水門の海面《うなも》きらめき舳先《へさき》照る漁船はなべて赤き旗かかぐ

長坂のセメントの間《ま》に片なびきちがやの白穂かがやき極む

ぎしぎしも酸葉もあまた穂をかかぐ廃畑のうへ燕飛びかふ

病室

やはらかき饅頭《まんぢゆう》ひとつ小さくわけ楊枝《やうじ》にて師のすぼめる口へ

饅頭とお茶を交互に少しづつ口にはこびて師と笑みかはす

師とならび病室より見る窓のなか海も港もきらめきてあり

ああ五月

去年《こぞ》祝ひ今年身罷《みまか》りし百歳の師の眺めたる燕往きかふ

去年五月百寿を祝ひこの五月風に乗るごと師は身罷りぬ

師の家の前にひろごる水張田《みはりだ》に苗植ゑられて五月深みぬ

ああ五月常磐つゆくさねずみもち定家葛と白花多し

ああ五月坂道さへも心満つどくだみの白き花のかがやき

ああ五月白波はじく崖のうへ一樹一樹が影もち茂る

ああ五月深緑しなふ丘の上の青空はるか箒雲《はうきぐも》いくつ

チリー菖蒲

ゆくりなく鉢中に一つチリー菖蒲《あやめ》プロペラに似し紫花締まり咲く

今生《こんじやう》の命ささぐるか一日花《ひとひ》チリー菖蒲のむらさき澄みぬ

道傍《みちわき》より烏麦《からすむぎ》の穂のあまた垂れ地に着かむとしてとどまりてをり

遠目にも木立朝鮮あさがほの白花垂るる五月尽日

潮岬

本州最南端の潮岬《しほのみさき》海抜八十メートルにわが家古《ふ》りゆく

朝なさな坂道くだり漁村ぬけ強き潮の香まとひて戻る

隆起せし岩盤の上にわづかなる平を占めて過疎の村あり

大津波のがれむためにこの丘に家建ちならび知る人も無く

丘の上の老人ホームの玄関へ燕の飛翔の今日もつづきぬ

三日間続きし雨のたまり水三羽の燕おりて憩ひつ

コエンドロ

五年経《た》ち初めて知りぬコエンドロの白花求《と》めて今日もかがみ見つ

ががいもに釣鐘かづらコエンドロみな山道に知り初めし花

高木より定家葛の太きつる万朶《ばんだ》の花つけ垂れてさ揺らぐ

人気無き湿りし道の落ち花は赤芽槲と定家葛なり

去年の時化に倒れし桜木おほひたる定家葛の白き花群

焙烙苺

仄《ほの》白くはかなびしことこそよけれ焙烙苺《はうろくいちご》の花咲く小径《こみち》

蜜蜂か姿見えねど羽音ひびき珊瑚樹の花散らしつづけぬ

おびただしき珊瑚樹の小花道占めて朝日照るなかなほもこぼれ来

葉隠れの仄かに白き花過ぎて焙烙苺の赤実目を射る

農夫ゐて手を伸ばしては口に入れ焙烙苺の実をあさりをり

梅雨の間《あひ》湿りの残る坂道に山桃の赤実落ち初めてをり

雨やめば路肩にならぶ姫女苑《ひめぢよをん》背高くのびて白花きそふ

姫檜扇水仙の花ふえし道を紋黄揚羽はつぎつぎめぐる

真白なる十字架に似しどくだみの花咲く坂の華やぎを増す

杜鵑

鶯よ声を聴かすな杜鵑《ほととぎす》の特許許可局と鳴く意図ぞ知れ

本州最南端の森の上に一線引かれ海と天あり

鶯の巣に托卵し育てさせ子孫をのこす杜鵑の性

鶯の雛を蹴落とすつよき爪うまれつき持つ杜鵑悪しとや

托卵し命あづけて育児せずと決めし杜鵑の生きぬく術か

朝夕に鶯の鳴き杜鵑鳴くいづれかなしき命と聞くか

白南風

白南風《しらはえ》は岬の鼻の岩をうち飛沫《しぶき》は高し大島かすむ

熊蟬も鶯も鳴く丘のみち台風すぎて蒸しあつきまま

白百合と臭木の花と烏瓜白きがふえて猛暑日つづく

沢蟹

生《あ》れ出でて間《ま》無き小さき沢蟹《さはがに》もそそくさと溝に姿をかくす

庭草を刈ればたちまち汗出でて風呂場に三《み》たび水浴びにゆく

マッサージの君が手やさしうつ伏せのわれの心も平となりぬ

臭木

白花の萼《がく》赤くしてきは立ちぬ臭木《くさぎ》さ揺らぐ立秋の朝

朝明けの臭木の白き花群をいくたびも見あぐ海見ゆる丘

眼下より海ひろごりて果てもなし透明ガラスの店にいこひつ

きりぎりす食卓におくわが腕に登りうごかず尻を押しても

野の草ら咲くとき図りこの頃は仙人草の白花つよし

仙人草の白花に混りて蕊赤きへくそかづらの花競ふうれし

高き木に低き藪にも真白なる仙人草咲く地蔵盆来ぬ

大陸性高気圧とふ晴れわたり本州南端の芝生なでゆく

烏　瓜

夜咲きて朝《あした》にしぼむ烏瓜《からすうり》しぼみ遅れし白き花のぞく

夜ひらきミスジミバエを待つといふ烏瓜白きひげを広げて

烏瓜の花のなかにて孵化《ふか》をせしミバエの幼虫他を殺し生く

烏瓜の雄花のなかに産卵しミバエの幼虫ひとつ生きぬく

口鉤《こうこう》つよきミバエの幼虫他を殺しからすうり与ふ餌を独占す

烏瓜はミバエの幼虫ただひとつを養ふのみの餌を用意すとふ

烏瓜も生きぬくために図るらし花粉をはこぶミバエ育てて

巧妙にかけ引きしつつ花と虫生きぬくための進化すさまじ

鋭き声の鵯鳴くした烏瓜の蔓は枯れ果て実は赤く照る

白き穂の鬼やぶまをの凝《こご》り咲く歩道の路肩も秋のしづけさ

目に見ゆる万象《かたち》たゆまず身内洗ひつくられゆくか地に立つひとり

あとがき

今回の歌集『花吹雪』は、二〇一四年（平成二十六年）から二〇一八年（平成三十年）までの五年間の作品をまとめたもので、歌集『白波』に続く、私の第二歌集ということになります。

『白波』は、古希を迎えるにあたり、一つのけじめとして、平成二十五年までの約三十年間の作品をまとめたもので、私にとっては暗く重いものが多かったと言えます。以後は、もう少し心を軽くし、自在に詠いたいと願ってきましたが、自分を変えていくことのむつかしさを痛感するばかりです。

今年九月、無味乾燥な後期高齢者のレッテルを貼られることになり、また、元号が令和に代わったということを機縁に、今回の歌集にまとめようと決心いたしました。

住居を本州最南端の潮岬の実家に移しましたが、足を骨折し、マラソン大会にも出られなくなり、その代わり、毎朝一時間の散歩に出るのが日課となり、今まで以上に空や海の青さ、水門に横たわる大島を見つつ、草や木の花々に接する機会が多くなり自然の美しさに魅せられてきました。特に野や山の草花への思いは格別であります。私は、昭和五十七年に大阪山草会に入会し、翌年から天王寺公園で行われる春と秋の山野草展に出品してきました。毎回五十鉢前後を出品してきましたが、展示場が慶沢園の一角に代わり狭くなってからは三十鉢前後の出品となっています。今年で出展も三十七年目となっています。そして、我が家の棚に栽培している鉢の数も、昨年数えたときは一九二七鉢で、その後も少し増えています。散歩に出ても、おのずと草花に目が向いてしまうわけであります。この歌集は、この五年間の散歩中に出会った草花を中心に作品を集めたものであります。

少し異質な「憲法守れ」と「核兵器」を入れていますが、昭和十九年生まれの戦中派の一員で、戦後に食べることをはじめ、様々の戦争による惨めさを味わってきた世代であります。昨今、自国だけ、自分だけ良ければよいといった風潮や、核兵器、弾道ミサイルという言葉も日常語となりつつあり、正しい戦争は許されるといった論調もみられますが、唯一の被爆国として、今こそ、我が国は戦争から最も遠い方向に進まなければならないと思います。正しい戦争などと言うものは無く、どんな理由を並べても戦争は「悪」であります。

草花は、芽を出し、花を咲かせ、実を結び、そして枯れて一年を終える。その繰り返しで、今日まで生き抜いてきたわけですから、様々に工夫し、力強く生きる術を身につけています。花は完成されたもので、これを美しいと詠っても、誰でも普通に感じることです。草花のそれぞれについて、自分の心底に受け止めて詠い上げたいと思うのですが、そんなに簡単ではなく、至難の業であります。私は、たくさんの花を見たままに、日記に記述するように詠ってきました。毎年、同じ場所で同じ花に感動感心して短歌にしても、歌の中身はよく似たものであります。この歌集には、同じ花が毎年のように出てきます。同じ気分のものは、出来るだけ削りたいのですが、少しでも変わったところを見つけると残していくので、結局、よく似た歌が多くなっています。したがって、短歌としての一首一首の評価は高くないことでしょう。長年、山野草に関わってきた上、この五年間、散歩中に草花を見続けてきたことだけを自負し、記念として残しておこうと考えたわけであります。

出版にあたって、ご尽力いただきました短歌研究社の國兼秀二編集長はじめ、校正にあたっては、前回の歌集『白波』と同様に、かずかずのご教示を賜りました菊池洋美様に厚く御礼を申し上げます。

令和元年九月七日

山本忠男

検印
省略

令和二年二月十日　印刷発行

歌集　花《はな》吹雪《ふぶき》

定価　本体二五〇〇円（税別）

著者　山《やま》本《もと》忠《ただ》男《お》
郵便番号六四九―三五〇二
和歌山県東牟婁郡串本町潮岬三八

発行者　國兼秀二

発行所　短歌研究社
郵便番号一一二―〇〇一三
東京都文京区音羽一―一七―一四　音羽YKビル
電話〇三（三九四四）四八二二・四八三三
振替〇〇一九〇―九―二四三七五番

印刷者　研文社
製本者　牧製本

ISBN 978-4-86272-630-8 C0092 ¥2500E